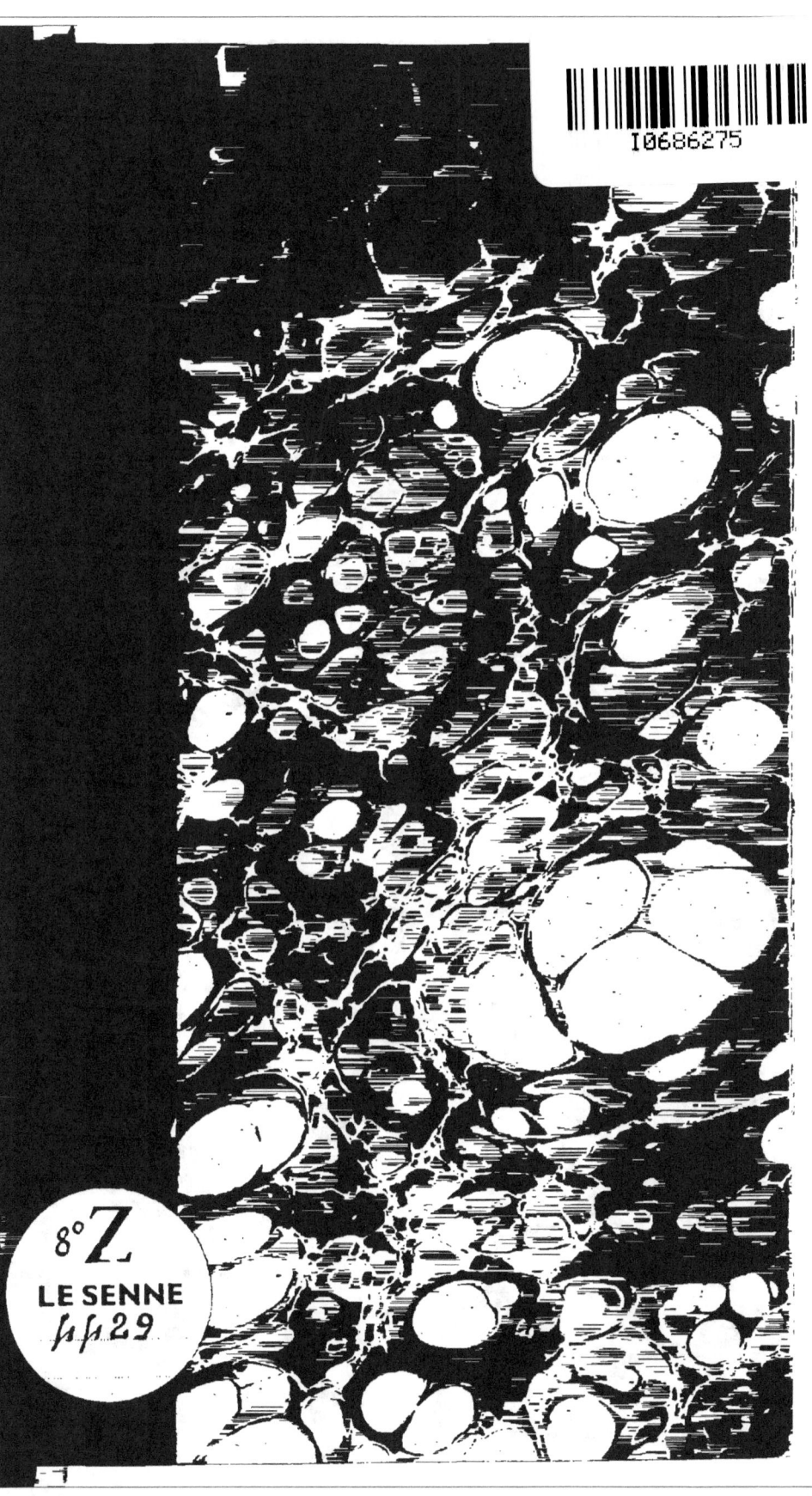

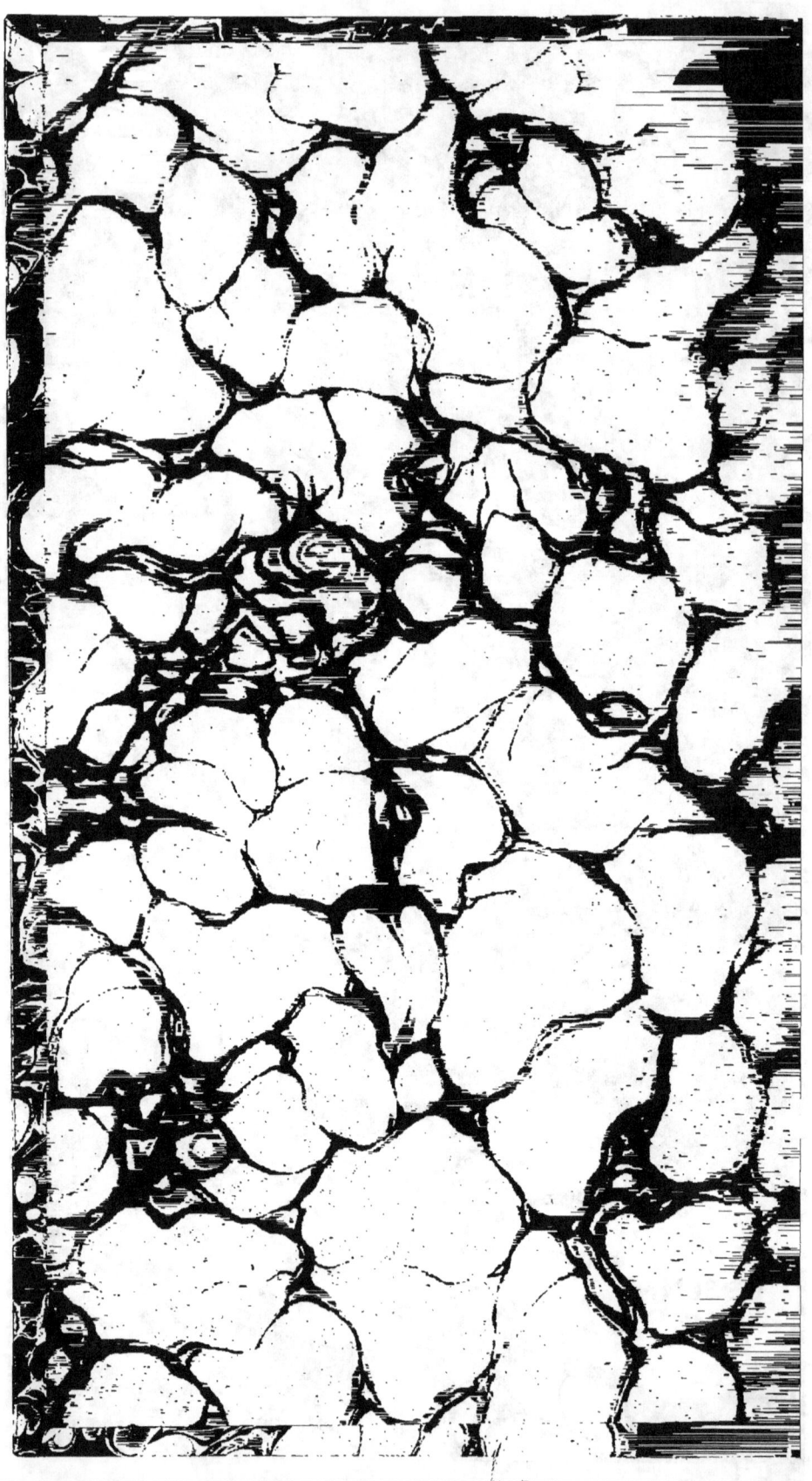

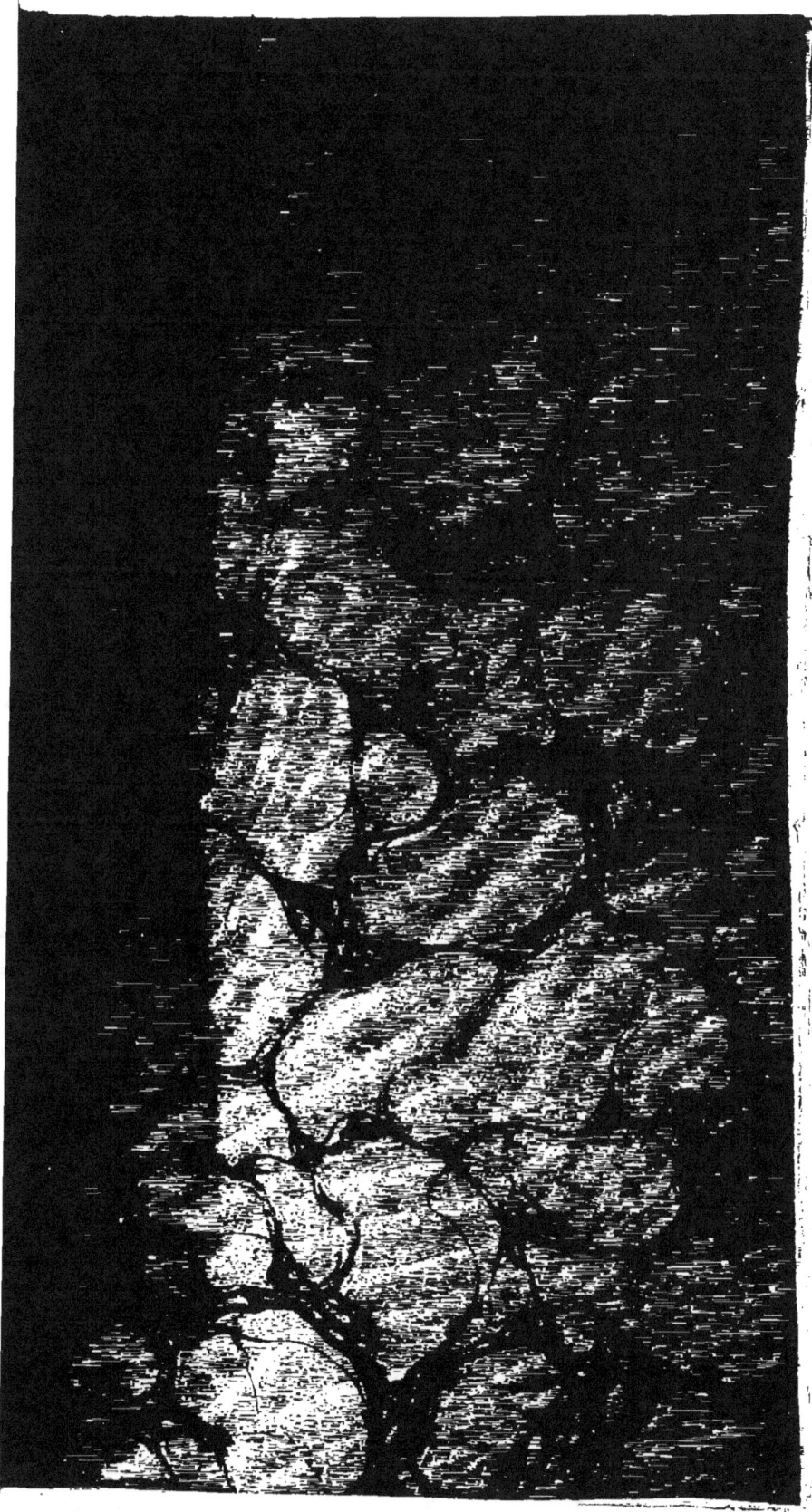

STATUTS

DE LA

COMMUNAUTE

Des Maîtres & Maîtresses, Marchands
& Marchandes Grainiers & Grainieres , de la Ville & Fauxbougs
de Paris.

Du 17. Août 1694.

A PARIS.

M. DCC. XXIII.

AU ROY

ET NOSSEIGNEURS DE son Donſeil.

IRE.

Les Maîtres & Maîtreſſes & Marchands Grainiers & Grainieres, tant de la Ville & Fauxbourgs de Paris que de la Halle d'icelles, Vous remontrent en toute humilité que de toute ancienneté ils ont eu droit de Communauté & Confrairie, lequel auroit été permis à eux & leurs ſucceſſeurs audit état, par nos défunts Rois que Dieu abſolve, comme appert par les Lettres Patentes dont la copie eſt cy-attachée ; & d'autant que les Supplians n'ont encore obtenu Lettres de confirmation de Vôtre Majeſté, ſupplient tres-humblement icelles leur être octroyées. Et pour qu'aucuns ſe ſont offerts d'entrer en ladite

A

Communauté & faire état de Grainiers ou Grainieres, encore qu'ils n'euſſent été apprentifs ni ſervi les Maîtres ou Maîtreſſes dudit meſtier, & n'ayant auſſi acquis la connoiſſance des grains ſemencez & farines qu'ils achettent & revendent, & ce ſous ombre que le tems d'apprentiſſage n'auroit été limité, au grand dommage & intérêt du Public : Il plaiſe à Vôtre Majeſté, S I R E, confirmer & approuver les articles cy-deſſous écrits, afin que ſous la Police & Réglement commun aux autres états, leſdits ſuppliants puiſſent exercer leur état & meſtier, & ordonner toutes Lettres de Chartres neceſſaires leur être expediées & délivrées.

Ce ſont les Articles que les Maîtres & Maîtreſſes Marchands & Marchandes Grainiers & Grainieres de la Ville, Halle & Fauxbourgs de Paris preſentent au Roy & Noſſeigneurs de ſon Conſeil.

Premiérement que le tems d'apprentiſſage pour parvenir à la maîtriſe dudit meſtier, ſera de ſix ans entiers ; duquel ils feront aparoir par Brevêt ou Obligation paſſée pardevant Notaire.

Et aprés ledit apprentiſſage fait & parfait, feront tenus ſervir deux ans les Maîtres & Maîtreſſes.

Que nul Maître ou Maîtreſſe ne pourra être Juré ou Jurée dudit meſtier & état, qu'après ſix ans accomplis & expirés, à compter de leur entiere réception à ladite maîtriſe.

Et ſi aucuns deſdits Maîtres & Maîtreſſes avoient quelque quantité des marchandiſes de leurdit état ; ſera permis aux autres Maîtres ou Maîtreſſes de partager & lotter avec ceux ou celles qui les auront achettées, ſi bon leur ſemble, à condition qu'ils ſe trouveront au marché ou à la meſure d'icelles.

Que défenſes ſeront faites à toutes perſonnes de tenir boutique ouverte de Grainiers ou Grainieres dedans ladite Ville & Fauxbourg de Paris, ni en rien faire leur état & maîtriſe, s'ils ne ſont reçus Maîtres ou Maîtreſſes à peine de confiſcation des marchandiſes, & d'amende arbitraire ; ſans toutefois en rien préjudicier à la liberté des Bourgeois de Paris, Marchands Forains, Jardiniers & Jardinieres, leurs ſervantes & ſerviteurs, qui ſt qu'ils pourront, & leur eſt & ſera loiſible de vendre & débiter, en toute liberté dedans les places & marchés publics toutes ſortes de grains qu'ils y auront amenez, qui ſeront neantmoins viſités par leſdits Jurés & Jurées, pour dénoncer en Juſtice les abus & malverſations qui s'y trouveront, pour y être pourvû ſans prendre aucuns droits de viſite.

Que pour la conſervation dudit état &

A ij

meſtier ſeront élûs un Prud'homme & une
Jurée qui ſerviront deux ans, ſelon la forme
des autres meſtiers, & ſe fera ladite élection
par la Communauté deſdits Maîtres & Maîtreſſes dudit état & meſtier, leſquels s'aſſem-
bleront pour faire leur rapport de ladite
élection en la maniere accoutumée.

Et d'autant qu'il ſe peut commettre de
grands abus au fait de ladite marchandiſe,
comme de vendre deſdites graines, ſemences
pouries, germez ou renflez en l'eau ou en la
fumée d'icelle, ou bien des farines non légi-
times au grand préjudice & dommage du
Public & abus de la terre où elles ſont ſe-
mées, faute d'en avoir la connoiſſance : leſdits Prud'homme & Jurée ſeront tenus aller
en viſitation, par toutes les Boutiques & aux
Eſchopes de nôtre Ville & Fauxbourgs, de
ceux qui ſe mêlent d'en achetter pour revendre, afin de reconnoître ſi leſdites graines
ſont bonnes, loyalles & marchandes, & de ce
qu'ils en auront trouvé, en faire leur raport
comme il eſt accoutumé par les autres Art
& Métiers. *Les Articles ci-deſſus ſignez de
neuf deſdits Maîtres & Maîtreſſes.* Et enſuite
eſt écrit :

*Regiſtré, oüi le Procureur General du Roi,
pour joüir du contenu, ſans prendre aucun droit
de viſitation à peine de concuſſion. A Paris en
Parlement le 20 Juillet 1607.*

STATUTS

DE

LA COMMUNAUTE

Des Maîtres & Maîtresses , Marchands
& Marchandes Grainiers & Grainieres
de la Ville & Fauxbourgs de Paris.

ARTICLE PREMIER.

ESDITS Maîtres & Maî-
treſſes , Marchands & Marchandes Grainiers & Grai-
nieres, ſont & demeureront
à l'avenir , comme ils ont été
par le paſſé , unis & incor-
porez en une ſeule & même Communatéu.

ARTICLE II.

QUE pour la conſervation de leur Art &
étier , entretenement & execution de leurs

Statuts, il y aura toujours quatre Jurez, deux
Jurez & deux Jurées; qu'à cet effet il en sera élû
deux tous les ans, un Juré & une Jurée, qui
seront deux ans en charge selon la forme des
autres métiers.

ARTICLE III.

SERA procedé à l'élection & nomination
desdits Jurés & Jurées par la Communauté
desdits Maîtres ou Maîtresses dudit Etat &
Métier, à la pluralité des voix, dans leur Mai-
son & Bureau, sans brigue.

ARTICLE IV.

NUL Maître ou Maîtresse ne pourra être
Juré ou Jurée dudit metier & etat, qu'après
six ans accomplis & expirez, à compter de leur
entrée & reception à la Maîtrise.

ARTICLE V.

ET d'autant qu'il se peut commettre de
grands abus au fait de la Marchandise dudit
état & métier, dont la plus grande partie
entre dans le corps humain, comme de vendre des grains & semences pouries, germées
ou renflées en l'eau ou en la fumée d'icelle
ou des farines non legitimes, au grand préjudice & dommage de ceux qui les mangent,
ou de la terre, où lesdits grains & graines sont
semées; lesdits Jurez & Jurées seront tenus
de faire leurs visites generales au moins quatre fois l'année chez tous les Maîtres ou
Maîtresses

Maîtreſſes dudit Metier, demeurans tant en notredite Ville que Fauxbourgs & Banlieuë d'icelle, ſans pour ce être tenus des Seigneurs Haus Iuſticiers deſdits Faubourgs & Banlieuë ni de leurs Officiers ; & de ce qu'ils auront trouvé, en faire leur rapport comme il eſt accoutumé par les autres états & metiers.

ARTICLE VI.

FERONT auſſi leſdits Jurez & Jurées des viſites particulieres chez leſdits Maîtres & Maîtreſſes, toutes les fois que la neceſſité le requerera & qu'ils le trouveront à propos.

ARTICLE VII.

NE ſeront faites aucunes aſſemblées de la Communauté, que par l'ordre deſdits Jurez & Jurées.

ARTICLE VIII.

SERONT choiſis entre les Anciens & Anciennes, Maîtres & Maîtreſſes dudit état & metier, tous les deux ans, le leudemain de S. Nicolas d'Eté, un Maître & une Maîtreſſe pour agir & adminiſtrer les biens communs de la Communauté, dont ſera fait élection & nomination par ceux ſeulement qui auront été en charge, Jurez & Jurées dudit metier : & ſeront tenus leſdits Maîtres & Maîtreſſes qui auront eu ladite adminiſtration, aprés qu'ils en ſeront ſortis, d'en rendre compte ſommairement & ſans frais aux Jurez & Jurées

B

qui seront lors en charge, dans leurdite mai-
son & bureau commun, & en présence des
Anciens & Anciennes qui auront passé par
les charges; & mettront le fond, si aucun leur
reste, ès mains de ceux qui leur succederont
& seront élus & nommez en leur place, qui
s'en chargeront ; & où lesdits Maîtres & Maîtresses sortans de l'administration se trouve-
roient créanciers de la Communauté pour
avoir déboursé plus que reçu, ils en seront
remboursez par ladite Communauté à la pour-
suite & diligence de ceux qui leur succederont.

ARTICLE IX.

LES Titres, papiers & Registres de ladite
Communauté seront mis dans un coffre fort,
qui demeurera dans le bureau, duquel coffre
il y aura trois clefs, dont deux seront mises
entre les mains d'un Juré & d'une Jurée, & la
troisiéme en celle d'un des Anciens qui aura
passé par les Charges, qui sera nommé par ladite Communauté; & ne pourra ledit coffre
être ouvert qu'en présence de tous ceux qui
auront lesdites clefs.

ARTICLE X.

CEUX & celles qui aspireront à la Maitrise,
seront tenus de faire leur apprentissage par le
tems & espace de six ans entiers chez les Maîtres & Maîtresses, & à leur entrée passeront un
Brevet d'apprentissage pardevant Notaires,
qui sera controllé par les Jurez & Jurées, &

immatriculé au Regiftre de la Communauté,
lequel Brevet ils feront tenus de rapporter
avec la Quittance, Certificat & Atteftation
du Maître ou Maîtreffe, chez lequel ou laquelle ils auront fait leur apprentiffage, quand
ils feront reçus Maîtres ou Maîtreffes.

ARTICLE XI.

Nul Apprenti ou Apprentiffe ne pourront
quitter la maifon & le fervice de leurs Maîtres ou Maîtreffes fans leur confentement; &
en cas d'abfence pendant plus de deux mois,
feront tenus lefdits Maîtres ou Maîtreffes en
donner avis aux Jurez & Jurées, pour être
leur Brevet caffé & annullé.

ARTICLE XII.

Arrivant le decès d'un Maître ou d'une
Maîtreffe, les Apprentis ou Apprentiffes qui
feront obligez envers eux pourront achever
leur temps fous les veuves des Maîtres ou maris des Maîtreffes decedées, pourvû qu'ils ou
qu'elles demeurent en viduité, finon fous les
Maîtres ou Maîtreffes qui leur feront nommez
ou indiquez par les Jurez & Jurées.

ARTICLE XIII.

Si un Maître ou Maîtreffe met fon Apprenti ou Apprentiffe hors de fa maifon fans
caufe legitime, le temps que ledit Apprenti ou
Apprentiffe auront fervi chez lefdits Maîtres
ou Maîtreffes leur fera compté fur celui de

leur apprentiſſage, & il leur ſera donné des
Maîtres ou Maîtreſſes par les Jurez & Jurées
pour achever leurdit apprentiſſage.

ARTICLE XIV.

MAIS ſi un Apprenti ou Apprentiſſe quitte
& abandonne le ſervice du Maître ou de la
Maîtreſſe, envers lequel ou laquelle il s'eſt obli-
gé; par la ſubornation d'un autre Maître ou
Maîtreſſe, celui ou celle qui aura ſuborné ſera
condamné ....d'amende.

ARTICLE XV.

APRES les ſix ans d'apprentiſſage ſeront les
Apprentis & Apprentiſſes tenus ſervir encore
deux ans les Maîtres & Maîtreſſes, auparavant
que d'être reçus à la Maîtriſe.

ARTICLE XVI.

ET afin qu'il ne ſoit admis à la Maîtriſe dudit
Art & metier, que ceux ou celles qui ont une
connoiſſance parfaite de la Marchandiſe de
cet état, qui eſt d'autant plus neceſſaire que
la plus grande partie de ladite Marchandiſe
entre dans le corps humain, & que le tout
peut être employé en ſemence pour couvrir
la terre, les Aſpirans & Aſpirantes, auparavant que d'être reçus Maîtres ou Maîtreſſes,
ſeront tenus de faire experience, en preſence
des Jurez & Anciens dudit Art & metier, ſur
la diſtinction & difference des diverſes ſortes
de Grains & Graines qui entrent dans ladite

Marchandise, & sur leurs bonnes & mauvaises qualitez.

ARTICLE XVII.

NE pourront les Jurez & Jurées recevoir aucuns Maîtres ni Maîtresses, sans y appeller les Anciens & Anciennes dudit état.

ARTICLE XVIII.

SERONT aussi tenus les Aspirans & Aspirantes, lors qu'ils seront reçus maîtres & maîtresses & ceux qui seront reçus en faveur de Lettres, payer à chacun desdits Jurez & à chacune des Jurées quatre liv. pour la Confrairie trente liv. & quinze liv. pour les frais de la Communauté, & payeront vingt-six sols par chacun an pour le droit de Confrairie,

ARTICLE XIX.

LES enfans de maîtres ou maîtresses seront reçus à la Maîtrise sans faire aucune experience, & ne payeront à chacun des Jurez & Jurées que deux liv. & dix liv. pour la Confrairie, pourvû toutefois qu'ils ayent été élevez dans ledit état & métier de Grainiers & Grainieres.

ARTICLE XX.

NUL ne sera admis à la Maîtrise qu'il ne soit de la Religion Catholique, Apostolique & Romaine.

ARTICLE XXI.

NE pourront les fils & filles de maîtres ou

Maîtresses , ni aprentis ou aprentisses , qui auront été reçû Maître ou Maîtresses , tenir Boutique qu'ils ou qu'elles n'ayent atteint l'âge de seize ans.

ARTICLE XXII.

Ne pourront les Maîtres & Maîtresses avoir plus d'un aprenti ou aprentisse en chaque Boutique.

ARTICLE XXIII.

Les veuves des Maîtres & Maris des Maîtresses, après le decez de leur femme, pourront continuer le Commerce & tenir Boutique du-dit état & métier, pendant qu'ils demeure-ront en viduité seulement.

ARTICLE XXIV.

Les Filles de Maîtres ou de Maîtresses qui sont Maîtresses , & les aprentisses qui auront esté reçues Maîtresses , affranchiront ceux qu'elles épouseront, pourvû qu'ils ne soient d'autre Art & métier ny profession, à la char-ge de se faire recevoir Maître après les six pre-mieres années de leur mariage , & de payer à leur reception les mêmes droits que payent les aprentis qui se font recevoir Maîtres.

ARTICLE XXV.

Si une Maîtresse Grainiere épouse un mary d'une autre profession & vacation , sondit mary sera tenu d'obter & d'abandonner sa profession & vacation , s'il veut continuer le commerce & le négoce de sa femme.

ARTICLE XXVI.

Nul ne pourra, de quelque sexe, qualité & condition qu'il soit, s'il n'est Maître ou Maîtresse Grainier ou Grainiere, & incorporé en leur Communauté, tenir Boutique ouverte dudit état & métier en ladite Ville de Paris, & vendre Pois blancs de toutes sortes, Pois verts de toutes qualitez, Pois au cul noir, Pois chiches, Pois cornus; Féves de haricot de toutes sortes, Féves de marais, petites Féves, tant cruës que cuites; Lentilles; Orge en grain, Orge mondée; Avoine, Gruau d'avoine, Milet en grain, Milet mondé; Rys; Bled, Senneve; Poullevré; Ségle; Sarrazin; Navette; Chenevy; Vesse; Sainfoin; Luzerne; Trefle de Hollande; Lupins; Graine de lin; Psiffion; Alpiste; Fenugré; Graine de coriande, Graine de laituës; Pourpier; Poireaux; Poirée; Oignon; Epinard; Cercifi; Choux; Cerfeuil; Farine de Féves, d'Orobe, de Secle, Froment d'Orge, Farine de Lupin, de Graine de Lin & Fenugré; & generalement toutes sortes de Graines & autres Marchandises dépendantes dudit état & métier, comme Foin & Paille, à peine de confifcation & de d'amende, & ce nonobstant toutes Sentences, Arrests & Jugemens à ce contraires.

ARTICLE XXVII.

Pourront toutefois les Bourgeois de Paris,

Marchands Forains, Jardiniers, Jardinieres ; leurs Serviteurs & Servantes, vendre & débiter en gros, dans les Places & Marchez publics seulement, toutes sortes de Grains ou Graines qu'ils y auront conduits ou fait conduire, aprés qu'ils auront été visitez par les Jurez & Jurées dudit état & métier, pour éviter les abus & malversations qui s'y pouroient commettre ; & seront tenus lesdits Bourgeois, Marchands Forains, Jardiniers, Jardinieres, leurs serviteurs & servantes, faire porter lesdits Grains & Graines en arrivant à Paris esdites Places & Marchez publics, sans les pouvoir garder dans leurs maisons, ni autres maisons empruntées, ni en faire aucun magazin.

ARTICLE XXVIII.

Si aucuns desdits Maîtres ou Maîtresses, achettent de la Marchandise dudit état, il sera permis aux autres Maîtres & Maîtresses de la partager & lotir avec ceux ou celles qui les auront achetez, pourveu toutefois qu'ils se trouvent au Marché ou à la mesure d'icelle, & ce afin que chaque Boutique soit garnie & le public mieux servi.

ARTICLE XXIX.

Sera pareillement permis ausdits Maîtres & Maîtresses de lotir & partager avec les Brasseurs de Bierre de cette Ville & Fauxbourgs, l'Orge qui sera apporté aux Ports,

Halles,

Halles, Marchez & Places Publiques, aussi à condition qu'ils se trouveront ausdites Places & Marchez, ou à la mesure dudit Grain.

ARTICLE XXX.

Et d'autant qu'une grande partie de la marchandise dudit état & métier vient des Pais éloignez & par la Mer, & que l'abondance d'icelle est d'une grande utilité & commodité pour le Public, pourront lesdits Marchands & Marchandes, Maîtres & Maîtresses Grainiers & Grainieres, faire en toute liberté venir des marchandises au delà des vingt lieuës, tant par mer que par terre.

ARTICLE XXXI.

Ne pourront lesdits Maîtres & Maîtresses tenir en ladite Ville & Fauxbourgs de Paris, chacun d'eux plus d'une boutique, sous quelque pretexte que ce soit.

ARTICLE XXXII.

Defenses tres-expresses sont faites à tous Maîtres & Maîtresses dudit état, de faire aucune facture pour les Marchands Forains, ou vendre à leur compte à peine de .. d'amende.

ARTICLE XXXIII.

Nul ne pourra, de quelque qualité, profession, art ou métier qu'il soit, revendre é

C

détail, sous prétexte de regrat, des Grains, Graines & Farines, Légumes & autres marchandises dépendantes dudit état & métier de Grainiers & Grainieres: & ce nonobstant toutes Lettres à ce contraires.

ARTICLE XXXIV.

DEFENSES sont faites à tous Hôteliers de ladite Ville & Fauxbourgs de Paris, d'exposer ni souffrir être exposé en vente aucuns Grains & Graines & autres marchandises dudit état & métier de Grainiers ou Grainieres, pour eux ou pour les Marchands Forains, & d'en souffrir la décharge chez eux, à peine de confiscation de la marchandise, & de ....
d'amende contre eux & lesdits Marchands ; & seront tenus lesdits Hôteliers avertir les Marchands Forains, logeans en leurs maisons, qu'ils n'y en peuvent vendre, & sont obligez faire mener leurs marchandises à la Halle ou autres Marchez & Places publiques.

ARTICLE XXXV.

ET afin que les affaires de la Communauté ne souffrent point de retardement & qu'il y soit pourveu avec soin & diligence, pourront les Jurez & Jurées, quand il en surviendra quelqu'une, assembler au Bureau dudit état les Anciens & Anciennes qui auront passé par les charges, en la présence desquels &

desquelles ils proposeront l'affaire : & ce qui sera conclu & resolu en ladite assemblée sera suivi & observé par toute la Communauté, comme si tous les Maîtres & Maîtresses y avoient été appellez, & seront lesdits Anciens & Anciennes, qui auront été mandez & mandées, tenus & tenuës de se trouver au Bureau desdits jurez & jurées, à peine de d'amende contre ceux & celles qui ne s'y trouveront pas, s'il n'y a excuse légitime.

Regiſtrées, ouy le Procureur Général du Roy, pour eſtre executez ſelon leur forme & teneur, ſuivant & conformement à l'Arrêt de ce jour. A Paris en Parlement le 19. Août 1694.
Signé, DU TILLET.

Bij

LETTRES PATENTES

Portant confirmation des Statuts
cy-deſſus.

Par Declaration du Roy, en forme de Lettres
Patentes du 1. Decembre 1705. regiſtrées
au Parlement le 19. Aouſt 1709. ſervant
d'augmentation aux anciens Statuts de
la Cõmunauté des Marchands Grainiers
& Marchandes Grainieres de cette Ville
Fauxbourgs & Banlieuës de Paris, apert
entre autres choſes y contenuës, avoir eſté
ordonné & reglée e qui ſuit.

ARTICLE PREMIER.

LEs Veufs de Maîtreſſes Grainieres & les
Veuves des maîtres Grainiers pourront
exercer librement ledit Commerce, tandis
qu'ils demeureront en viduité, nonobſtant
l'Article 24. des Statuts du 17. Août 1694.
auquel nous avons dérogé pour ce regard.

ARTICLE II.

LEs aprentis & aprentiſſes de ladite Communauté payeront pour chaque Brevet d'a-

prentiffage, au lieu de dix liv. qu'ils payoient cy-devant, la fomme de vingt-cinq livres : & il fera payé feulement quinze livres pour chaque tranfport de Brevet.

ARTICLE III.

LES aprentis & aprentiffes, lors de leur réception à la Maîtrife, payeront chacun la fomme de quatre cent livres, outre les droits ordinaires & accoûtumez pour les Jurez, les Anciens, le Clerc, la Conffrairie & les frais de réception.

ARTICLE IV.

LES maris des Maîtreffes Grainieres & les femmes des Maîtres Grainiers, qui ont ou auront des Profeffions differentes, les pourront exercer fans incompatibilité, pourvû que leurs boutiques foient diftinguése & fépaées, & à condition que le mary & la femme, qui n'étant Maître ou Maîtreffe Grainiere, fera d'une autre Communauté, ne pourra fe mêler du commerce de Grainieres ny être admis au lotiffement de ladite marchandifes; & en cas du prédecés du mary Grainier ou de la femme Grainiere, la femme ou le mary furvivant qui fera Maître ou Maîtreffe d'une autre profeffion, fera tenu d'obter dans trois mois, après lequel tems il fera déchû de plain droit du commerce de Grainiere.

ARTICLE V.

DEFENDONS à tous Particuliers d'entre-l

prendre sur l'état, métier & profession des Maîtres-Marchands Grainiers & Maîtresses marchandes Grainieres de ladite Communauté, ni de colporter aucuns grains ni autres choses dépendans de ladite profession, à peine de confiscation desdites Marchandises, & de trois cent liv. dont un tiers à notre profit, un tiers au dénonciateur, & un tiers au profit de ladite Communauté.

ARTICLE VI.

DE'FENDONS à tous Maîtres-Marchands Grainiers & Maîtresses-marchandes Grainieres, soit qu'ils ayent boutique ouverte ou non, de prester leurs noms, directement ni indirectement, pour exercer ladite profession dans nostredite Ville & Fauxbourgs de Paris, à peine de pareille somme, aplicable comme dessus, & d'être privez pendant trois mois de l'exercice de la maîtrise, pour la premiere fois, & de plus grande peine en cas de récidive, s'il est ainsi ordonné par le Lieutenant Général de Police.

ARTICLE VII.

FAISONS pareillement défenses aux Maîtres & Maîtresses Grainieres de revendre ni céder à aucun Maître ou maîtresse, sur le careau de la Halle, ni sur les Ports & autres Marchez de nostredite Ville & Fauxbourgs, les Marchandises qu'ils y auront achetées, à

peines d'amende & d'interdiction de la Maîtrise.

ARTICLE VIII.

DE'FENDONS auſſi à tous aprentiſs & a-
prentiſſes, ſerviteurs & ſervantes deſdits Maîtres-marchands Grainiers & Maîtreſſes-mar-
chandes Grainieres, d'entrer au ſervice d'aucun autre Maître ou Maîtreſſe de ladite Communauté, dont la boutique ſe trouvera ſituée
dans le voiſinage de leur dernier Maître ou
Maîtreſſe, ſinon après l'an revolu, ſous les
peines portées cy-deſſus, & en outre d'interdiction de la maîtriſe contre les Maîtres &
Maîtreſſes.

ARTICLE IX.

PERMETTONS aux Jurez & Jurées Gardes de la Communauté de recevoir ſix Maîtres ou Maitreſſes, ſans qualité, en payant la
ſomme de ſix cent livres, chacun ou chacune,
pour tous droits généralement quelconques,
à condition que les deniers qui proviendront
deſdites receptions, déduction faite des droits
des jurez & jurées, des Anciens, du Clerc,
de la Confrairie & frais de receptions, ne
pourront être employez qu'au payement des
rentes, & autres dettes contractées pour nôtre ſervice.

ARTICLE X.

POUR éviter les frais qu'il coûteroit à ladite
Communauté, ſi les Contrats qu'il convien-

droit expédier à chaque Maître ou Maîtresse, qui ont prêté ou prêteront leurs deniers pour le payement de ladite somme de sept mil cinq cent liv. & des deux sols pour liv. d'icelle, étoient passez pardevant Notaire, ordonnons qu'il sera délivré à chacun, par les jurez & Jurées Gardes en charge de ladite Communauté, un recepissé de la somme qu'il aura fournie, si mieux n'aiment lesdits Maîtres & Maîtresses en faire passer des contrats à leurs frais pardevant tels Notaires qu'ils aviseront, & les interêts desdites sommes leur seront payez annuellement par les Jurez & Jurées de ladite Communauté, jusqu'au parfait remboursement du principal, à commencer du jour que chaque Maître & Maîtresse aura entierement fourni & payé sa cotte-part.

ARTICLE XI.

VOULONS qu'après le remboursement en entier des sommes qui ont été & seront empruntées, en execution de nos Edits des mois de Mars, 1661 & 1694, Juillet 1702, Janvier & Août 1704, les droits de visites & de receptions des Maîtres & Maîtresses, des aprentis & des ouvertures de boutique soient payez comme auparavant nôtre Edit dudit mois de Mars 1691.

ARTICLE XII.

ET d'autant qu'il est du bien public que la Police de nôtre bonne Ville de Paris, & des

Fauxbourgs

Fauxbourgs, soient uniformes & observées également; Permettons aux Jurez & Jurées, Gardes de ladite Communauté de faire leurs visites dans les maisons des Grainiers & Grainieres du Fauxbourg S. Antoine; dans l'enclos du Temple, de S. Denis de la Chartre, de S. Jean de Latran, de S. Germain des Prez, de la rüe de Lourcine; rües adjacentes, dans les Colleges & autres lieux Privilegiez ou prétendus tels de nostredite Ville, Fauxbourgs & Banlieuë de Paris, comme aussi de ceux qui exercent ladite profession, à titre de Privilege du Prevôt de nôtre Hôtel ou autrement, sans néanmoins que lesdits Jurez & Jurées puissent prétendre aucuns droits de visites desdits Grainiers & Grainieres à titre de Privilege, ni de ceux qui exercent ladite Profession dans les lieux Privilegiez, à moins qu'ils ne soient aussi Maîtres de ladite Communauté. Voulons qu'en cas que les Jurez & Jurées de ladite Communauté trouvent des marchandises défectueuses, ils se pourvoient pardevant le Lieutenant Général de Police, en quelques lieux que lesdites marchandises ayent été saisies, & s'il arrive quelques contestations entre les Maîtres & Maîtresses de ladite Communauté, & les Laboureurs ou Marchands Forains, au sujet de la bonne ou mauvaise qualité des marchandises dépendantes dudit métier & profession, que lesdits Jurez & Jurées ne puissent être traduits ail-

D

leurs que pardevant ledit Lieutenant Général de Police.

ARTICLE XIII.

VOULONS au surplus que les Satuts, Articles & Ordonnances, concernans ladite
Communauté, ensemble les Déclarations,
Arrêts & Réglemens rendus en consequence,
notamment les Articles 26 & 33. desdits Statuts du 17 Août 1694. soient exécutez selon
leur forme & teneur.

*Regiſtrées, oüy le Procureur Général du Roy,
pour joüir par ladite Communauté de leur effet &
contenu & étre executées selon leur forme & teneur, suivant & aux charges portées par l'Arreſt
de ce jour. A Paris, en Parlement, le dix-neu-
viéme Aouſt mil sept cens six.*

Signé, DU TILLET.

✳✳✳✳✳✳✳✳✳✳✳✳✳✳✳✳✳✳✳✳✳✳✳✳✳✳✳✳✳✳✳

ARREST
DE LA COUR
DE PARLEMENT,

Servant de Reglement pour la Communauté des Maîtres & Maîtreſſes Grainiers & Grainieres de la Ville & Fauxbourgs de Paris.

Contre la Communauté des Maîtres Chandeliers de cette Ville de Paris.

Du 17. Aouſt 1694.

Extrait des Regiſtres de Parlement.

ENTRE les Jurez, Corps & Communauté des Maîtres & Maîtreſſes, Marchands & Marchandes Grainiers & Grainieres de cette Ville & Fauxbourgs de Paris, Demandeurs en enregiſtrement de Lettre de confirmation de nouveaux Statuts au nombre de trente-cinq Articles, & en execution d'Arreſt du 26. Janv. 1679. d'une part, & les Jurez & Communauté des Maîtres Chandeliers de ladite Ville, Défendeurs. Et entre leſdits Jurez & Communau-

té des Maîtres & Maîtresses des Grainiers,
Demandeurs en Requeste du 9. Juillet 1689.
& lesdits Jurez & Communauté des Maîtres
Chandeliers, Défendeurs. Et entre lesdits
Grainiers & Grainieres, Demandeurs en Re-
queste du 3. Avril 1691. & lesdits Chande-
liers, Défendeurs. Et entre lesdits Maîtres
Chandeliers, Demandeurs en Requeste du 8.
Aoust 1691. & lesdits Maîtres & Maîtresses
Grainiers & Grainieres, Défendeurs. Et
entre ladite Communauté des Grainiers &
Grainieres, Demandeurs en Requête du 26.
Juin 1693. & lesdits Maîtres Chandeliers,
d'une part. Et entre ladite Communauté des
Chandeliers, Demandeurs en Requeste du
6. Aoust 1693. & lesdits Grainiers & Grainieres, Défendeurs d'autres. Vû les Conclufions du Procureur Général du Roy, tout
joint & confideré. LA COUR, faisant
droit sur le tout, ayant aucunement égard
aux fins & opposition desdits Grainiers &
Grainieres, à l'execution de l'Arrest du 8.
Avril 675. sans s'arrêter aux prétenduës Lettres Patentes du mois de Juillet mil soixante-
un & Février 1515. & opposition desdits
Chandeliers, à l'enregistrement des Articles
vingt-six & trente-trois des nouveaux Statuts
accordez ausdit Grainiers, ordonne que lesdits nouveaux Statuts & Lettres Patentes de
confirmation d'iceux du mois de Novembre

78. feront regiftrez purement & fimple-
ent au Greffe de la Cour, pour être execu-
z felon leur forme & teneur : Declare l'Ar-
ft du 27. Mars 1600. commun avec lefdits
handeliers ; & ce faifant, leur fait défenfes
e plus vendre à l'avenir aucuns Grains,
aines ny legumes mentionnées és Articles
6.& 33. defdits nouveaux Statuts, ny de
ire aucune entreprife fur le Métier defdits
rainiers & Grainieres. Et fur le furplus des
emandes, fins & Conclufions des Parties,
s a mis hors de Cour & de Procès ; Con-
amne lefdits Chandeliers en tous les dé-
ns, & fera l'amende renduë. Fait en Par-
ment le 17. Aouft 1694. Collationné.
Signé, DU TILLET.

De l'Imprimerie de G. VALLEYRE.

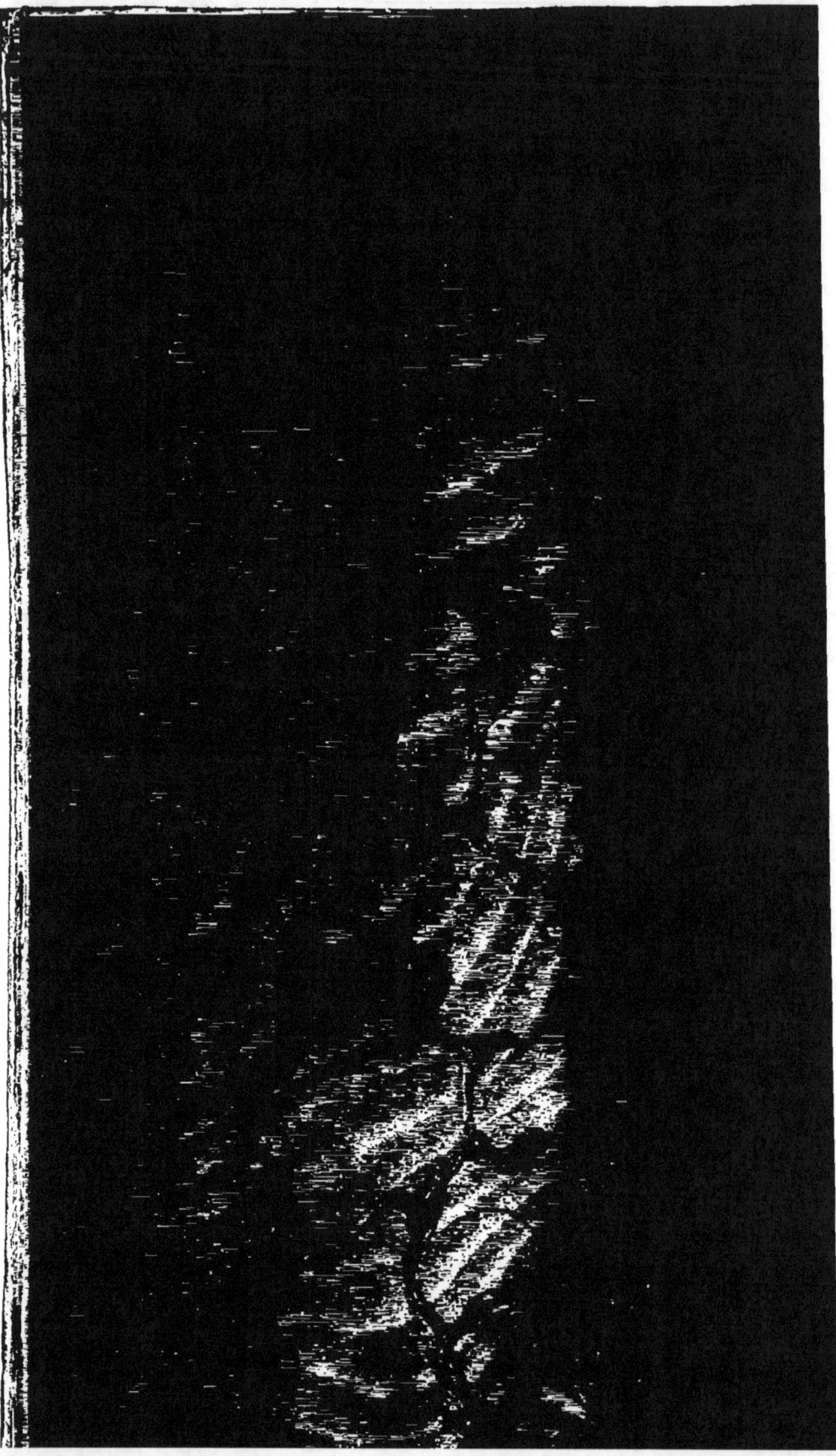

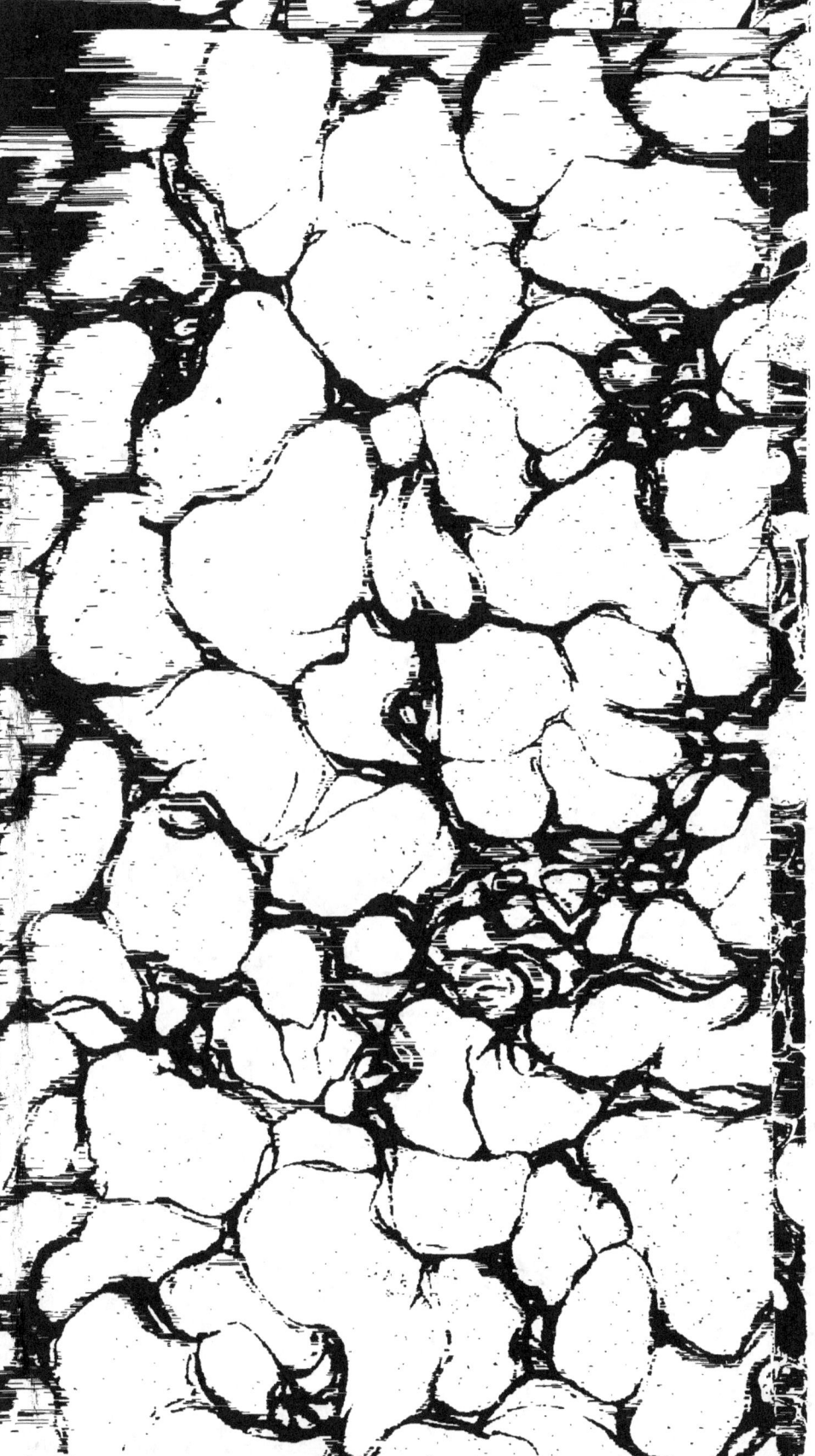

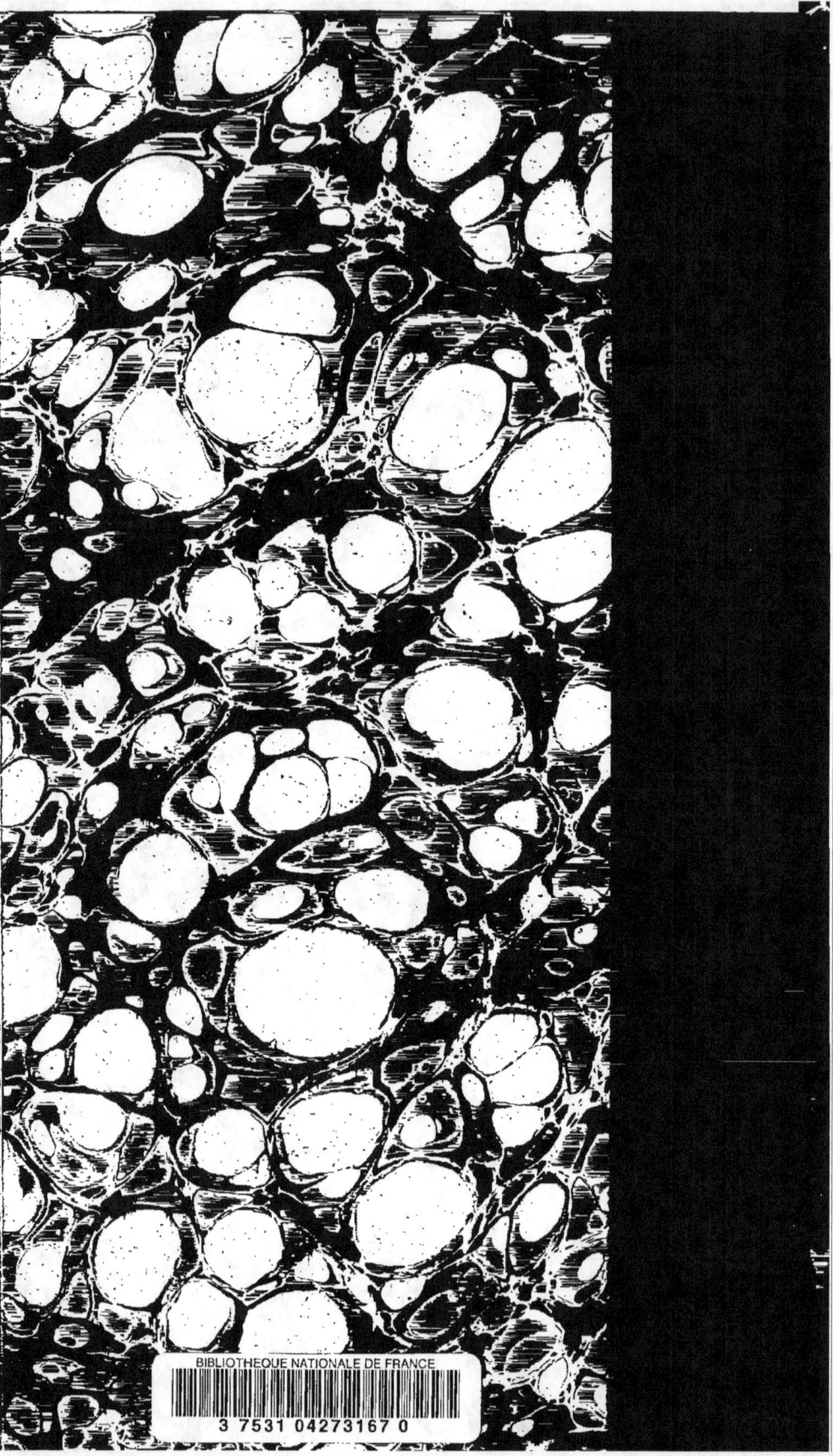

www.ingramcontent.com/pod-product-compliance
Lightning Source LLC
Chambersburg PA
CBHW061708180626
46818CB00003B/1317